KB105840

교도소에서 보낸 1,461개의 하루

교도소에서 보낸 1,461개의 하루

발행일 2023년 6월 23일

지은이 수감번호845
펴낸이 손형국
펴낸곳 (주)북랩
편집인 선일영
디자인 이현수, 김민하, 김영주, 안유경
마케팅 김회란, 박진관
편집 정두철, 배진용, 윤용민, 김부경, 김다빈
제작 박기성, 황동현, 구성우, 배상진
출판등록 2004. 12. 1(제2012-000051호)
주소 서울특별시 금천구 가산디지털 1로 168, 우림라이온스밸리 B동 B113~114호, C동 B101호
홈페이지 www.book.co.kr
전화번호 (02)2026-5777 팩스 (02)3159-9637

ISBN 979-11-6836-961-0 03810 (종이책) 979-11-6836-962-7 05810 (전자책)

※ 본 도서에 수록된 사진은 익산 교도소 세트장에서 촬영되었습니다.

교도소에서 보낸 1,461개의 하루

수감생활 속에서도
소소한 행복을 찾아가는
한 30대 남자의 감방 일기

수감번호 845

북랩

양팔을 벌리면 닿을 듯, 한 평 남짓한 공간
4년의 시간 동안 나에게 주어진 세상이다.

걸리버라도 된 것처럼 조금만 움직여도
세상의 끝에 닿는다.

밖에선 전부일 것 같던 것들이
이곳에선 아무것도 아닌 것이 되고,
밖에선 보이지 않던 것들이
이곳에선 집채만큼 크게 부딪힌다.

우리는 넓은 세상 속 또 다른
작은 세상을 살고 있다.

하루
일과

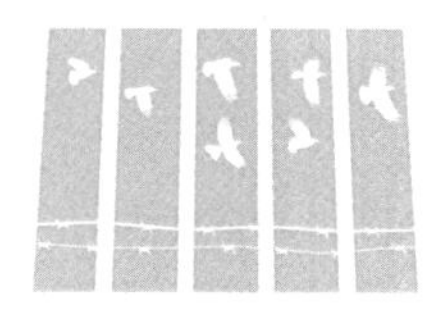

법 질 서 확

프롤로그

“ 소소한 행복과 사소한 불행 ”

이 글은 나에게 주어진 시간을
헛되이 보내지 않았다는 것을 스스로에게 보여주는
하나의 '위로'이자 '증거품'이다.

나는 글재주가 없다.
글로만 된 책은 이곳에 오기 전까지
읽어본 적도 별로 없다.

남들처럼 거창한 감성 글이나 힐링 글귀로
300페이지짜리 빽빽한 책을 써낼 능력은
더더욱 없다.

다만 세상에 치이고 지친 이들에게 우리가 만났던
소소한 일상의 고마움을 전하고 싶어
서투른 글씨를 수첩에 끄적인다.

희망이라고는 눈을 뜨고 찾아봐도 찾을 수 없을 것 같던
이곳에도 티끌만 한 행복이 있고,
밑바닥 인생인 우리는 그런 행복으로 하루하루를 견딘다.

우리는 행복할 자격이 없는지도 모른다.
하지만 여기서 더 이상 무너지고 타락하면 안 되기에
필사적으로 절망 속에서 행복을 찾는다.

오늘 저녁 맛있는 반찬이 나와도 행복하고,
구매 소지가 구매 물품 끌고 오는 소리만 들어도 설레고,
운동은 30분 전부터 행복하고,
햇살이 좋아서 빗물 고인 운동장이 바짝 마르면 금상첨화.
나랑 상관도 없는 옆 방 아저씨가
가석방을 받아도 행복하다.

'이따위' 사람들의 '그까짓' 생활에도 행복은 존재한다.

물론 수많은 불안감과 죄책감 속에서 피어나는
한 떨기 들꽃처럼 잠깐씩 얼굴을 비추는 행복이지만
겨우 이런 걸로 다시 일어설 희망을 챙긴다.

하물며 당신은 충분히 행복할 자격이 있다.
그리고 그 행복은 늘 그대 옆에 조그맣게 자리 잡고 있다.
이 글을 다 보고 그대 입에서
"쟤네들도 느끼는 게 행복인데…"라는
혼잣말이 나온다면 좋겠다.

이제 1,461개의 똑같은 하루가 시작된다.

06:30

아침 점검*

"

절반의
자유

"

* 점검: 교도관들이 "점검"을 외치면 관복을 입고 점검대형으로 앉아 인원수 체크 점호를 한다.

새벽 6시 즈음. 불이 켜지면
관복을 입고, 이불 모포를 개고
인원수 체크를 한다.

이 시간은 현실의 직시와 꿈속의 여운이
공존하는 시간이다.

정신적으로, 환경적으로
깊은 잠에 들 수 없는 우리는 밤사이
수많은 꿈을 꾼다.

꿈속에서 우리는 사랑하는 사람도 만나고
잘못을 저지르기 전 과거로도 돌아가며
더 나을 수 있었던 미래로도 날아간다.

하루 중 절반에 가까운 시간이

우리에겐 '꿈이라는 자유'로 주어진다.

눈 뜰 새 없이 비몽사몽으로

점검대형으로 앉아

아직 채 가시지 않은 지난 꿈의 여운을 느끼며

사랑하는 사람들과의

꿈같던 꿈을 되뇌인다.

06:35
온수
“
따스한
온기
”

대부분 외진 곳에 있는 교도소들은

밤낮으로 온도 차가 엄청나다.

낮엔 여러 번 물을 끼얹어도

가시지 않던 '더위'가

꼭두새벽이 되면

성씨를 바꾸고 '추위'가 되어 찾아온다.

그럼 우리는 낮잠 자다 한 대 맞은 쥐며느리처럼

둥근 공이 되어

한껏 움츠려 있다.

"온수!"를 외치며 아침 정적을 깨는
소지*가 온수를 나눠준다.

우리는 열 달의 기다림 끝에 갓 태어난 아이를 안듯
조심스레 온수병을 껴안고
온수병의 온기를 느낀다.

* 소지: 복도에서 갖가지 봉사를 하는 사동 청소 도우미

06:40

아침 식사

“ 크리스마스 선물 ”

장이 약해
아침 식사를 생전 먹어 본 적 없던 나는
아침잠까지 겹쳐 늘 아침밥을 거른다.

아침밥 대신 택한
단잠을 자고 일어나면
우리 방문 앞엔
아침 식사 대신 정량*이 놓아져 있다.

* 정량: 한 사람당 하나씩 배분되는 요플레나 조미김, 요구르트 같은 부식, 아침 식사와 함께 나온다.

어떨 땐 늦은 아침 식사가 되어주고
어떨 땐 짭조름한 비상 반찬이 되어주는
든든한 아이템이 손에 들어온다.

그럴 땐 크리스마스 아침, 잠에서 깨어
베개 밑에 부모님이 놓아둔 선물을 본 것 같은
뻔한 두근거림을 느낀다.

양보하고

완성 이루자
1-1

08:00
교대점검

"

똑같은 듯
다른 하루

"

8시 교대점검이 시작되면
공식적인 교도소의 일과가 시작된다.

일과가 시작되면
주머니 속 똑같은 모양의
수많은 하루 중 하나를 꺼내어
살아가게 된다.

그런 하루 속에도 지루한 패턴을 깨는
크고 작은 일들이 있다.

그것들은 우리를
불안하게, 또 설레게 만든다.

접견

그리운 가족과 만나는 시간 '10분'

무슨 말을 해야 할까
어떤 표정을 지어야 할까 고민하다
반가움 한 큰술, 미안함 두 큰술,
걱정 두 컵 붓고, 그 위에 투정 조금 뿌려
눈에 담고
한걸음에 달려간다.

투명한 벽을 사이에 두고
주변 상황을 애써 외면하며
서로의 마음을 전하지만
10여 분 동안 못다 한 말들이
유리 벽 너머로 저며온다.

그 애틋한 마음 가득 안고
또다시 씩씩한 하루를
재가동하기 위해
발걸음을 돌린다.

이 송

항소, 상고를 하거나
기결수*가 되어 본 소가 배정되면
이송을 가게 된다.

이송은 영화에서 보듯 극비리에 이루어지기에
이송 가기 직전까지 그 사실을 알 수 없다.

* 기결수: 형기가 확정된 수감자

이송 당일이 되면
담당 교도관은 이송 가는 사람과 이송 가는 곳을 알려주고
우리는 작별할 시간도 없이
짐을 바리바리 싸고 방을 떠난다.

채 씻지도 못한 더벅머리를 하고
줄줄이 굴비처럼 엮어
호송버스를 탄다.

긴장감에 졸음이 몰려오지만
결코 잠에 질 수 없다.

버스 창밖의 풍경은 언제 다시
볼 수 있을지 모른다.

창밖의 세상은 여전히 그대로다
사람들은 여전히 바쁘고, 강물은 여전히 흐르고,
차는 여전히 막히고, 시간은 똑같이 흐른다.

그러나 새로운 모험의 장소에 던져질 나에게
시간은 조금 더 빨리 흘러간다.

법 질 서 확 립

전 방*

이송을 가거나,
교도소 내 전방을 가게 되면
새로운 사람과 새로운 환경을 마주한다.

여기선 초반 기세 싸움이 중요하다.
쭈뼛쭈뼛 대거나 버벅거리면
허드렛일 도맡기 십상이다.

* 전방: 방을 옮기는 것

속에 능구렁이 한 마리 삶아 먹은 양 능글거리며
방 분위기를 파악하고
모든 방마다 있는, 조금씩 다른 규율들을 파악한다.

그리고 방이라는 시계에 부족한
하나의 톱니바퀴가 되어
함께 시간을 흘려보낸다.

신입 배방

뚜벅뚜벅…

뚜벅뚜벅…

오후 3시, 등골 시린 발자국 소리가 들려온다.

1방… 2방‥ 3방.

발자국 소리가 멈춘다.

젠장, 우리 방이다.

한여름 좁은 방에서 서로의 온기를
느끼고 있는 와중 한 명이 더 들어온단다.

거기다 문신에 험상궂은 인상이면
아무리 우리라도 무서운 건 무섭다.

낯선 곰 같은 형상과 둘러앉아
서로 소개를 하고
이런저런 이야기를 나눈다.

그렇게 이야기를 나누며
생각만큼 무서운 사람이 아니라는 안도에
긴장은 풀리고

제일 마지막으로 들어와 막내였던 나는
막내 같지 않은 막내를 아래에 두고
한 단계 올라간다.

출 정

우리는 이곳에서 재판을 하고,
선고를 받고, 항소를 한다.

방에서 누군가의 선고 날이 되면
방 분위기는 차분히 가라앉고
재판에 대한 미신으로
밥도 비벼 먹지 않고 국에 밥을 말아 먹지도 않는다.

그리고
선고를 받으러 가는 그 모습이
마지막인 것처럼 작별 인사를 한다.
물론 대부분 실형을 받고 다시 돌아오고
또 보내는 이들도 그렇게 반나절 후
다시 마주하게 될 것을 안다.

그냥 그런 식으로 잘 되길 바라는 마음을 보여주는 것이고
우리는 거기서 힘을 받는다.

재판이 다가오면
벌거벗겨진 채 콜로세움에 내동댕이쳐진 것처럼
한없이 두렵고 나약해진다.

그렇게 재판을 받고 돌아오면
말없이 저녁상을 차려주며
어깨를 두드려주는
방 사람들의 손길에
긴장감으로 얼어붙었던 몸이
서서히 녹아간다.

장 기

아마도 장기 프로 선수 다음으로
장기를 많이 두는 사람들이
우리일 것이다.
그만큼 수준도 꽤 높다.

전국의 교도소는 그들만의 리그가 있고
장기를 잘 둔다면 사동 전체에
입소문이 돈다.

이곳에서 장기 잘 두고, 족구 잘하고,

잘 때 코 안 골면

연예인들만큼 사람들이 따른다.

구 매

교도소에서는 최소한의 생필품과
세 끼 식사, 관복과 모포만이 지급되기에
구매를 하는 날이 오면 구매표를 보고
OMR카드에 먹고 싶은 식품,
필요한 의류와 생필품 코드번호를 채운다.

수능 때 보다 더 신중히 기입을 하고
제출은 하면 그 다음부터는 기다림의 시간이다.

구매지를 제출하고 물건을 받기까지는
통상 2~3일이 걸리는데
그 사이 설거짓거리는 쌓이고, 빨래는 산더미에,
휴지는 동이 난다.

그리고 TV 속 세상은 왜 이렇게 넓고
맛있는 게 많은지
꼭 우리 방 식량이 동난 걸 알고는
무더기로 쏟아지는 것 같다.

그렇게 굶주린 배를 붙잡고
군침을 우주의 별만큼 삼키고 나면
먼발치서 산타클로스 같은 구매 소지가
물건 쌓인 끌차를 끌고 오는 소리가 들린다.

그 소리가 들리면 우리는
파블로프의 개처럼 반응한다.

갈증은 1미터 밖에서 다가오고,
배고픔은 10미터 밖에서 다가오며,
구매 소지는 42.195미터 밖에서 다가온다.

빨래

여기서의 빨래는 물론
손빨래로 이루어진다.
이곳의 물은 여름에도 차갑고
겨울에는 당연히 차갑다.
매번 적응이 안 돼 손을 담글 때마다 놀란다.

빨래를 미뤄서 한 뭉텅이를 손빨래하는 건
남극 재난 영화를 방불케 하기에
매일매일 소량으로 나눠 빨아야 한다.

빨랫거리가 적은 날은
걱정거리도 적다.

종 교 집 회

집회는 남 눈치 볼 것 없이 공식적으로
오롯이 나의 잘못을 뉘우칠 수 있는 시간인 동시에
교도소에 흔치 않은 특별 간식을 받는 시간이다.

해당 종교 재소자가 집회를 떠날 때면
방 사람들은 어린이날 하루 전 출근하는 아빠를 바라보는
기대 가득 찬 눈으로 배웅을 한다.

우리는 종교집회에 가서
신과 마주하고,
나의 죄와 마주하고,
떡과 마주한다.

경건한 자세로 앉아 나의 죄를 뉘우치고
신을 찾으며, 우리를 버리지 말 것을 기도한다.

그리고 일용한 양식을 들고
방에 두고 온 굶주린 자식들 생각에
퇴근길을 재촉한다.

목 욕

날씨가 쌀쌀해지는 늦가을부터
초봄까지는 일주일에 한 번
온수 목욕하는 날이 있다.

그런 날에는 바구니에
샴푸, 비누, 때수건을 담고
샤워장으로 나선다.

문신이 많은 나는
목욕탕을 가 본 기억이
초등학교 때밖에 없다.

하지만 여기서는 누구의 시선도
의식 안 해도 된다.
그리고 누구도 관심을 가지지 않는다.

아빠 손잡고 목욕탕을 가던

그때의 일요일 아침이 가끔 그리워진다.

관복 교체

계절이 바뀌어 관복 교체 시기가 되면
관 내 복도는 런웨이가 되고,
각 방은 탈의실이 되며,
패션쇼가 벌어진다.

관복은 수많은 사람들의 손과 몸을 거쳐 갔기에
사이즈도 상태도 천차만별

운 좋게 몸에 꼭 맞는 관복을 손에 넣으면
그 순간만큼은 시상식 영화배우 슈트가 부럽지 않다.

3-14

단수

여름이 되어 물 사용이 많아지거나
배수관 공사를 할 때면
한 달, 두 달, 단수가 이루어진다.

3시간 단수… 1시간 급수
또 3시간 단수… 1시간 급수

타이밍이 잘 안 맞을 땐
말라붙은 설거지를 하기 일쑤이고
운동 후 땀이 뻘뻘 흐른 채로
시계만 쳐다봐야 한다.

그중에서도 이놈의 배는 눈치가 참으로 없다.
물이 콸콸 나올 땐 바다처럼 잔잔하더니,
그것이 태풍의 눈이었던지
단수가 되고 나면 휘몰아친다.

식은땀이 나고 어금니에 힘이 들어가면서
인터스텔라 같은 시간 왜곡을 경험하다 보면
진통의 주기는 짧아지고
나는 필사적으로 라마즈 호흡의 힘을 빌려
출산의 고통을 저지한다.

그렇게 약속한 시간은 흘러가고
약속한 시간은 다가온다.

그 고통 끝 느끼는 환희는
이래서 그렇게 산고를 치르고도
둘째를 가지는구나 싶다.

편 지

같은 방이 되면 좋든 싫든
하루 24시간, 일주일, 한 달을 내내 붙어 있어야 하기에
여기서 드는 정은 참으로 무섭다.

나 외엔 모두 악질 범죄자 같던 사람들이
어느새 나의 식구가 되어있고,
이송이나 전방으로 그들과 헤어지면
마음 한켠이 휑하고 허전해진다.

편지는 그런 우리에게 메신저 역할을 해준다.

'느림보 메신저'

오늘 안부를 물으면
보름 뒤 대답을 한다.

범죄자들 사이의 대화래 봤자
별거 없다.
쓸 말도 딱히 없다.

그저 서로 잊지 않고 있다는
징표임과 동시에
'그곳에 있는 것이 너뿐만은 아니야'라는
위로가 되어준다.

09:30
TV 시청
“
깨달음의
선생님
”

뉴스

모순적이지만
우리도 뉴스를 통해
부패한 정치인이나 극악무도한 범죄자를 보면
혀를 차고 씹어댄다.

그러고는 "우리가 이런 곳에서 할 말은 아니지만…" 하며
씁쓸한 넋두리를 흘려보낸다.

우리 속에도 이 순간만큼은 잠들어 있던 정의감이
조금 꿈틀거린다는 생각에 안도한다.

뉴스가 끝날 즈음 나오는 일기예보는
내일 운동 시간 족구의 흥망성쇠가 달린 초미의 관심사다.
“내일 오후부터 비가 오는 지역이 있겠습니다.”라는
기상 캐스터의 말 한마디에 우리는 좌절하고
다음 날, 엄마 기다리는 아이처럼
창밖을 내다보곤 손톱을 뜯는다.

그렇게 운동 시간이 다가오고 기상 캐스터의 말이 틀린다면
우리는 미소를 머금고
출전을 앞둔 올림픽 선수의 결연한 각오를
마음속에 새긴다.

다 큐 멘 터 리

처음엔 지루한 딴 세상 같던 다큐멘터리도
지금은 빼놓을 수 없는 일과가 되었다.

다큐멘터리 속 수많은 사람들을 보며
세상의 불행을 다 떠안고 살고 있다 생각한
나에 대해 반성을 하고

각자 나름대로 행복의 가치관을 세우고 이루려
노력하는 모습을 보며
다시 한번 인간답게 일어날
미래를 꿈꾸며

정취가 아름다운 전국 방방곡곡을
그들과 함께 유랑한다.

11:00
온수
“
따뜻한
목욕물
”

점심 식사 직전 받는 온수 두 병은
차가운 얼음장 같은 물만 나오는 이곳에서
추운 날씨 소중한 목욕물이 되어준다.

어떻게 하면 물의 양을 불릴까
차가운 물과 뜨거운 온수의 비율을
끊임없이 조절하며 SF소설 속
괴짜 과학자가 되곤 한다.

연구는 대부분 실패로 끝나고
냉수마찰 안티에이징으로 마무리 후
화장실을 헐레벌떡 뛰쳐나온다.

11:30
점심식사
“
나만을
위한
콘서트
”

점심시간이 되면
한 시간 동안 라디오가 흘러나온다.
라디오에서 들려오는 내가 좋아했던 노래를 흥얼거리면
그때 그 시절로 돌아가 4분 남짓의 시간을
거닐고 돌아온다.

학창 시절 신나는 노래
20대 대학 시절 이별 후 들었던 슬픈 노래
수많은 노래와 수많은 추억들…

잠깐의 시간여행을 하며
반찬을 뒤적인다.

13:00
온수(커피 물)
“
한 잔의
여유
”

식사 후 라디오가 끝나고
우리는 따뜻한 커피 물을 받는다.
설거지하던 사람도
낮잠 자던 사람도 옹기종기 모여
제법 도란도란한 분위기가 된다.

씁쓸한 아메리카노를 좋아하는 30대 형은
커피믹스에 물 조금
달달한 다방 커피를 좋아하는 40대 아저씨는
커피믹스에 물 조금
커피를 좋아하지 않는 나도
커피믹스에 물 조금

모두 같은 맛이지만 우리는 그 속에서
나름의 씁쓸함과 달달함을 느끼고 음미한다.

이 순간 우리는 온종일

원 없이 주어진

원치 않던 여유 속에서

또 다른 기분 좋은 여유를 즐긴다.

14:00
TV 시청
"
잠들어 있던
감성의
기지개
"

영 화

주말 낮 12시.
사람들이 조그만 TV 앞으로
모여 앉는다.

따끈한 나름 최신작부터
먼지 냄새나는 고전영화까지
국내, 해외, 장르 불문
복불복 영화가 시작된다.

지루한 영화들은 그저 '낮잠 자라'는
자장가일 뿐이지만
흥미진진한 명작들도 꽤 많다.

그럴 때면
우락부락한 건달 형의 눈에서
눈물이 흐르고,

한숨을 달고 살던 아저씨 입에서
왈가닥 아줌마 웃음소리가 들리고,

내내 불평만 읊조리던 할배삼촌이
손톱을 뜯는

진귀한 광경을 목격하게 된다.

나는 그 모습을 바라보는 것이
영화보다 재미있다.

음 악 프 로

우리는
다 함께 '가요무대'를 보고
다 함께 '음악중심'을 본다.

10대 소년수부터 60, 70대 어르신들까지
나만 아는 노래도 없고
나만 모르는 노래도 없다.

함께 장기를 둘 때면
앳된 20살 동생이 트로트를 흥얼거리고
머리 희끗희끗한 어르신이 아이돌 노래를
콧노래로 부른다.

그것이 약속된 신호인 것처럼
하나, 둘 사람들이 노래에 가세하고는
방구석 합창단 화음으로 모든 노래가 마무리된다.

드 라 마

왜 엄마들이 막장이라고
그렇게 욕을 하면서도 다음 편을 애타게 기다리는지
그 심정을 이제는 안다.

역경을 겪는 주인공이 되어보고,
집착하는 악녀도 되어보고,
짝사랑하는 주인공 친구도 되어보다가
다음 이야기 화면 전환에 절규를 한다.

우리에게도 가슴 떨리는
그런 날이 있었다.

그리고 드라마 결말을 맞추는 사람은
아무도 없었다.

15:00
운동

“비장한 출격”

운동 시간은 30분 남짓이지만
우리의 내일 운동 시간은
오늘 운동이 끝난 시간부터 시작된다.

오늘의 족구 활약상에 대해 끊임없이 이야기하고
내일의 편을 짜고, 작전을 만든다.

운동을 워낙 좋아하지만 운동 신경이 그리 좋지 않은 나는
늘 이팀 저팀 떠돌아다닌다.

그러다 조금씩 실력은 늘고
나름 중요한 경기에서 나를 찾으면
'퍼거슨의 부름을 받는 박지성이
이런 심정이겠거니' 하며
비장하게 족구 코트로 들어선다.

이 순간 나는 족구 가위차기 할 줄 아는
옆 사동 아저씨가
손흥민보다 멋있다.

그렇게 우리는 이기고, 지고
모래투성이 빨래는 늘어가면서
담당 교도관이 운동 마감 호루라기를 늦게 불길
속으로 기도한다.

17:00
폐방 점검
“
기분 좋은
퇴근
”

폐방 점검이 끝나면
하루의 공식적인 일과가 끝이 난다.
그러면 우리는 딱히 한 것 없는 하루 속에서
초콜릿 속 짭짤한 맛을 찾아내듯
소량의 피로를 맛보며
하루 끝의 뿌듯함을 느낀다.

오늘도 무사히 흘러갔다.

17:10
온수
“
요리를
부탁해
”

저녁 온수는 전자레인지이자,
커피포트이자, 가스레인지가 되어준다.

구매로 들어온 훈제 닭, 소시지, 컵라면,
각종 조미료는 저녁 온수와 만나
우리에게 무궁무진한 재료가 되고,
각 사동 간 비공식 요리경연대회가 열린다.

그것은 우리에게
남산만 한 배와
에베레스트산만 한 설거짓거리를
안겨주지만

이름도 없고 맛도, 모양도 애매한
그 요리들은
그만큼의 이야깃거리를 만들어준다.

17:30
TV 시청
“
세상과의
경주
”

생 방 송

낮엔 녹화방송이 주를 이루지만
오후 5시 30분부터는 생방송이 나온다.

여기서 생방송이란 라이브 방송이 아니라
사회의 일반적인 방송을 말한다.

이곳에 온 후 우리의 양발은 묶여 있고
바깥세상은 보란 듯이 급하게 멀어져 간다.

채널은 비록 정규방송 3개뿐이지만
이 순간만큼은 멈춰있던 우리의 바깥 시계가
사회의 시간과 함께 흘러간다.

법 질

17:30
저녁 식사

“

TV 보며
밥 먹기

”

저녁 식사 시간은
TV 생방송이 나오는 시간과 겹쳐
평일 하루 중 유일하게
'TV 보며 밥 먹기'를 할 수 있는 시간이다.

식사 자리를 잘못 잡아 앉으면
TV를 식사 내내 뒤돌아보느라
목이 뻐근하지만

TV 속에서 맛있는 먹거리 방송이 나오고
운 좋게도 우리의 저녁 식단과 겹친다면
TV 속 리포터가 나고
내가 TV 속 리포터다.

21:00
소등
“
하루 중
가장 어른이 되는
시간
”

소등이 되고 자리에 누우면
누구나 밤의 철학자가 된다.
'행복이란 무엇일까', '사람은 왜 사는가' 같은
심오한 주제들은 더 이상 우리에게
심오하지 않다.

혼자 있을 수 없는 교도소에서
이 시간은 맘 편히 울 수 있는 유일한 시간이었다.
어떻게 하면 죽을 수 있을까 끊임없이 생각하고,
눈물 훔치고, 지난날을 후회하고, 죄책감에 사로잡힌다.

그러다 정신을 차리고
불이 반쯤 꺼진 어둑한 방구석에서
피해자를 생각하며 더듬더듬 반성문을 쓰고,
눈을 찌푸려가며 사랑하는 사람에게 편지를 쓰며,
아직 캄캄하고 막막한 미래를
흐리게나마 떠올려본다.

좌절뿐이던 내 삶 속에도
여전히 배는 고프고,
잠은 오고, 꿈을 꾸고,
절반의 자유가 또다시 주어진다.

"사랑하는 사람들 5분 뒤에 만나"

그렇게 끝나지 않을 것 같던
이곳에서의 시간도 끝이 다가오고,

끝난 것 같던 나의 인생도
다시 시작되고 있다.

눈사람

나는 발이 묶인 사람
온몸이 차갑게 얼어붙은 사람
하루 종일 하는 일이라곤
'눈물' 흘리는 것밖에 없는 사람

하지만 추운 겨울이 지나
따스한 봄이 오면
누군가 간절히 기억해줄 사람